COLLECTION DE M. A. Proust

PREMIÈRE PARTIE

ESTAMPES JAPONAISES

KAKÉMONOS
ALBUMS ET MAKIMONOS
DESSINS ORIGINAUX

ET

Peintures à la gouache et à l'encre de Chine.

DEUXIÈME PARTIE

Laques et Bronzes anciens du Japon

ARMES, IVOIRES, BOIS SCULPTÉS
Belles Porcelaines anciennes de Chine et du Japon.

VENTE A L'HOTEL DES COMMISSAIRES-PRISEURS

9, RUE DROUOT (Salle n° 10)

Les Mercredi 6 et Jeudi 7 Juin 1894, à 2 h. précises.

Par le ministère de Mᵉ **Maurice DELESTRE**, 27, rue Drouot.
Commissaire-Priseur

ASSISTÉ DE :

Pour les Estampes :
M. Ernest LEROUX
Libraire-Expert
28, RUE BONAPARTE, 28

Pour les Objets d'Art :
M. Arthur BLOCHE
Expert
25, RUE DE CHATEAUDUN, 25

Chez lesquels on trouve le Catalogue.

Exposition le mardi 5 Juin, de 2 heures à 5 heures
à l'Hôtel Drouot.

5 Juin 1894

COLLECTION DE M. A. P. [ROUSTI]

PREMIÈRE PARTIE

ESTAMPES JAPONAISES

KAKÉMONOS
ALBUMS ET MAKIMONOS
DESSINS ORIGINAUX
ET
Peintures à la gouache et à l'encre de Chine.

DEUXIÈME PARTIE

Laques et Bronzes anciens du Japon

ARMES, IVOIRES, BOIS SCULPTÉS
Belles Porcelaines anciennes de Chine et du Japon.

VENTE A L'HOTEL DES COMMISSAIRES-PRISEURS
9, RUE DROUOT (Salle n° 10)

Les Mercredi 6 et Jeudi 7 Juin 1894, à 2 h. précises.

Par le ministère de Me **Maurice DELESTRE**. 27, rue Drouot.
Commissaire-Priseur

ASSISTÉ DE :

Pour les Estampes :	Pour les Objets d'Art :
M. Ernest LEROUX	**M. Arthur BLOCHE**
Libraire-Expert	Expert
28, RUE BONAPARTE, 28	25, RUE DE CHATEAUDUN, 25

Chez lesquels on trouve le Catalogue.

Exposition le mardi 5 Juin, de 2 heures à 5 heures
à l'Hôtel Drouot.

Mercredi 6 Juin.

Estampes, Kakémonos, Dessins et Peintures.

Jeudi 7 Juin.

Laques, Bronzes, Armes, Ivoires, Bois sculptés, Porcelaines.

CONDITIONS DE LA VENTE

La vente sera faite au comptant.

Les adjudicataires payeront cinq pour cent en sus des enchères, applicables aux frais.

M. Ernest Leroux se chargera des commissions des personnes qui ne pourront assister à la vente.

Collection de M. A. P.

PREMIÈRE PARTIE

Peintures & Estampes

1. CINQUANTE KAKÉMONOS

la plupart signés de noms d'Artistes connus.

6 Kakémonos bouddhiques.

6 Kakémonos de l'École chinoise.

1 Kakémono représentant l'Enfer japonais, avec les divers supplices et, au milieu, le juge suprême.

1 Kakémono de l'École de Tosa.

36 Kakémonos. Sujets variés, dieux du bonheur, sennins, fleurs, oiseaux, cascades, sites neigeux, tortues, un homme tuant un singe, etc.

2. — Petit paravent, décoré de six peintures. Œuvre élégante de l'école de Soukenobou.

3. — Deux grands panneaux décorés de peintures dans lesquels se manifeste une influence européenne.

1. — Une troupe de guerriers découvrant un enfant abandonné dans un panier.

2. — Une barque ballottée par les vagues d'où viennent de descendre des soldats qui gravissent une colline. Les trois derniers sont occupés à débarquer des armes.

DESSINS ORIGINAUX

ET

Peintures à la gouache et à l'encre de Chine.

Belle série d'œuvres intéressantes de nombreux artistes Japonais qui témoignent dans ces compositions d'une habileté de pinceau extraordinaire.

4. — Première liasse. Environ 200 pièces. Sujets variés. Personnages, animaux, oiseaux, fleurs, etc.

5. — Deuxième liasse. Grande variété de sujets. Environ 90 pièces. La plupart de grand format et destinés à être montées en kakémonos.

6. — Troisième liasse. 23 kakémonos non montés. Pièces d'un bon style.

7. — Quatrième liasse. Une vingtaine de grandes compositions et de kakémonos non montés.

8. — Trois pièces. L'arrivée des grues, — deux hirondelles, — un grand paysage de style chinois. Œuvres intéressantes.

MAKIMONOS

9. — Un rouleau de peintures sur soie dans une couverture de soie. Études de feuillages, d'oiseaux et de plantes.

10. — Superbe makimono sur soie à couverture de soie. Très belle suite de peintures de style chinois, représentant les plaisirs de personnages de la noblesse au milieu d'un superbe parc décoré de rochers artificiels, de kiosques, de pièces d'eau, etc. Le jeu, la collation, la musique, la lecture, tels sont les passe-temps favoris de ces riches seigneurs. Détail à noter, on ne voit aucune femme dans cette longue suite de scènes élégantes.

11. — Trois petits makimonos sur papier, décorés de peintures et de dessins à l'encre de Chine.

12. — Cinq makimonos démontés. Études de nuages, de sapins, de montagnes, de paysages. Dessins à l'encre de Chine.

13. — Huit makimonos démontés. La déesse Kwannon, le Sennin au tigre, dieux du bonheur, études d'animaux, etc.

14. — Treize makimonos, dont quelques-uns d'une réelle importance.

15. — Un long rouleau orné d'études à l'encre de Chine et 4 fragments de makimonos.

16. — Long rouleau où sont peints un très grand nombre de petits personnages dessinés avec soin. Un cortège de la Cour, long d'environ 2 mètres, une réunion dans un kiosque, une assemblée de la Cour. Scènes diverses.

17. — Fragments de makimonos. Trois pièces intéressantes. Arrivée de jeunes gens dans une île de femmes, un cavalier sur une berge, études de fleurs et d'oiseaux.

ALBUMS DE PEINTURES ET DE DESSINS ORIGINAUX

18. — Les cent poètes célèbres. Portraits peints à la gouache et accompagnés d'une poésie fameuse. Pièces montées sur papier d'or en un bel album, in-folio, reliure en soie à coins en métal.

19. — Études d'oiseaux à l'encre de Chine sur soie. Vingt-quatre planches d'une exécution très fine, en un album in-folio.

20. — Charmant album de petit format, reliure en soie. Études d'animaux. Un superbe coq, un faisan, un singe, des tortues, un papillon au-dessus de volubilis, un tigre, un chat-huant, etc. Vingt et une études.

21. — Un album in-4°, composé de peintures, dont quelques-unes sont des copies d'œuvres célèbres, notamment le poète du *Shashin-gwa-fou*. Une vue du Foudji, une grande vague, etc.

22. — Six albums. Études diverses.

23. — Etudes de fleurs, d'oiseaux, de poissons. Série de masques. Un album de petit format.

ALBUMS IMPRIMÉS

24. — Un volume in-folio, comprenant des œuvres intéressantes de Kouniyoshi, notamment un grand squelette et des scènes d'apparition.

25. — Album de combats. Scènes des guerres de la féodalité. L'histoire des Ronins.

26. — Combats, scènes de théâtre, acteurs. Un album in-fol.

27. — Lot de 13 estampes, courtisanes et acteurs dans des rôles de femmes, par divers artistes de l'École d'Osaka.

28. — Neuf planches et un album de Kouniyoshi et de ses élèves.

29. — Imagerie populaire. — Numéros du Japan Punch, 71 pièces.

30. — Reproductions de kakémonos fameux. Deux volumes in-folio. Gravures en noir.

31. — Albums d'Hokusaï. Six volumes, vues du Foudji, guerriers célèbres, volumes de la Mangwa.

32. — Lot de sept albums de petit format.

33. — Lot de quatre albums de petit format.

Estampes détachées

TORII KIYOMITSOU

34. — Un daïmiyo monté sur un cheval qu'une femme tient en laisse. Une autre dame les accompagne. Belle estampe de format oblong.

35. — La danse des éventails. Pièce d'un beau dessin, tirée à deux tons, rose et vert.

ATELIER DES TORII

36. — Une déesse jouant du biwa. Pièce à rehauts d'aquarelle.

37. — Une courtisane en promenade accompagnée de deux petites suivantes. Pièce de grand format.

TORII KIYONAGA

38. — Femmes en promenade dans la campagne. Quatre pièces de grand format.

39. — Sujets divers. Trois pièces de grand format.

1. — Deux femmes dans une barque. Beau fond de paysage.
2. — Le marchand de poissons.
3. — Jeune femme dans un Kago déposé à terre. Un des porteurs s'éponge la figure.

40. — Un petit garçon costumé en danseur de Nô.

40 *bis*. — Un homme traversant un gué, en portant une femme sur son dos. Format kakémono.

ISHIKAWA TOYONOBOU

41. — Cinq petits garçons jouant et se culbutant. Belle pièce de format carré.

HAROUNOBOU

42. — Hoteï, portant une femme sur son dos, traverse un gué. Un petit garçon le suit avec son sac.

43. — Jeunes femmes, au bord de la mer, regardant dans des longues-vues.

44. — Deux jeunes femmes dont l'une tient un shamisen.

45. — L'inspiration. Une femme, assise à sa table de travail, sur une terrasse au-dessus d'un joli paysage.

Belles pièces de format carré en tirage ancien.

KORIOUSAÏ

46. — Quatre estampes de format kakémono. Pièces superbes en excellent tirage :

1. — Un homme aidant une femme à monter sur un cheval. Au fond le Foudji.

2. — Une dame et un petit garçon jouant à cache-cache autour d'un tsouitate.

3. — Jeune femme endormie voyant dans un rêve le Foudji émergeant derrière des nuages roses.

4. — Deux courtisanes causant.

47. — Deux femmes et un petit garçon près d'un pont. Jolie pièce carrée.

BOUNTSCHO

48. — Une élégante jeune femme tenant d'une main un bonnet et soulevant de l'autre une longue pièce d'étoffe. Charmante pièce de format étroit.

SHOUNTSHO

49. — Quatre jeunes femmes au bord de la Soumida. Belle pièce carrée.

OUTAMARO

50. — Un écureuil sur une branche. Belle pièce carrée, tirée en noir et gris.

51. — Yama-ouwa donnant une leçon de dessin à Kintoki.

52 — Scènes à plusieurs personnages. Quatre pièces de grand format.

53. — Plaisirs au bord de la mer. Beau diptyque.

54. — Jeunes femmes se baignant les pieds en face des rochers d'Enoshima. Au fond un soleil couchant. Triptyque célèbre.

55. — Une courtisane piquant un kanzashi dans sa chevelure. Beau portrait en buste.

56. — Portrait en buste d'une courtisane.

57. — Une jeune femme, la chevelure en désordre, écrit sur un long makimono. Fond jaune.

58. — Scène à deux personnages au Yoshiwara.

YEISHI

59. — Femmes dans des barques. Au fond, une berge avec de nombreux promeneurs.

60. — Une courtisane attachant des devises et des arbustes pour une fête.

61. — Trois jeunes femmes dans un parc arrangent des fleurs dans un vase.

62. — Plaisirs de l'été. Jeunes femmes sur une terrasse au bord de la rivière. Beau triptyque.

OUTAGAWA TOYOHAROU

63. — L'ivresse des diables. Légende de Raïko qui, sous un déguisement, pénétra dans la caverne des *oni*, les enivra et les massacra. Curieuse pièce de format oblong.

TOYOKOUNI

64. — Réunion de femmes sur une terrasse au bord de la mer. Diptyque.

65. — Réunion de femmes sur une terrasse et dans un jardin couvert de neige. Beau triptyque d'une charmante tonalité.

66. — La promenade. Neuf jeunes femmes dans une rue. Beau triptyque d'une coloration sobre.

67. — Deux princes sur une terrasse. Une douzaine de jeunes femmes sont agenouillées devant eux. Beau triptyque à tons brillants.

68. — Un samouraï et deux femmes dans la campagne.

KOUNIMASSA

69. — Curieux masque d'acteur, aux yeux argentés. Belle pièce.

HOKUSAÏ

70. — Deux pièces de la Série des Cascades, en très beau tirage.

71. — Une route près d'un torrent. Au fond, derrière des nuages, apparaissent les cimes diversement colorées des montagnes. Belle pièce de format oblong.

HIROSHIGHÉ

72. — Un milan sur un tronc de pin. Superbe pièce format kakémono.

73. — Petit oiseau sur une branche d'arbre en fleurs. Jolie pièce en petit format kakémono sur fond bistré.

74. — Petit oiseau sur une branche fleurie. Pièce de petit format kakémono. Fond bleu.

75. — Petit oiseau voletant au-dessus d'iris en fleurs. Petit format kakémono.

76. — Deux poissons, dont un rouget. Belle pièce de format oblong.

77. — Trois femmes sous de grands arbres. Au second plan, d'autres arbres et des personnages vus dans la brume. Belle pièce de grand format.

78. — Marine. Jolie pièce en petit format kakémono.

79. — Paysages. Onze pièces en tirage ancien. Format oblong.
Effets de neige et de pluie, marines, couchers de soleil, etc.

GOGAKOU

80. — Une longue barque jaune passant sous un pont circulaire, derrière lequel apparaît le disque de la lune.

DIVERS

81. — Le drame des Ronins. Estampe de l'atelier des Okoumoura.

82. — Paysages. Trois pièces.

83. — Portraits de courtisanes. Deux pièces.

84. — Caricatures. Quatre pièces.

85. — Quatre tryptiques.

86. — Quatorze dyptiques.

87. — Cent treize estampes.

HIROSHIGHÉ

88. — Vues des beaux sites du Japon. Album in-folio de 55 planches en couleur.

KOUNISADA

89. — Illustrations du Genzi monogatari. Album in-folio de 53 planches en couleur.

DESSINS ORIGINAUX A L'ENCRE DE CHINE
et peintures à la gouache.

90. — 24 Albums contenant une grande variété de sujets, d'études de toute sorte. Série du plus haut intérêt.

Ce modèle sera divisé.

MODÈLES DE ROBES
et échantillons d'étoffes anciennes.

91. — 4 Albums.

DEUXIÈME PARTIE

BRONZES

1. — Grande jardinière ronde en bronze ancien, offrant des médaillons avec personnages en relief, des inscriptions et des gerbes de feuillages, supportée par trois personnages accroupis.

2. — Divinité accroupie sur feuilles de Lotus, élevée sur un socle à divers étages, avec gloire ajourée ciselée.
   Hauteur, $0^{m},55$.

3. — Deux grands et beaux vases à panses mi-sphériques, cols cintrés, décorés de lambrequins gravés et de cachets princiers, offrant en haut-relief et en ronde-bosse des divinités et des gardiens du temple. Autour des pieds, des chimères menaçantes.

4. — Vase octogonal, anses à charnières, frises et médaillons gravés, bronze ancien.

5. — Paire de très beaux vases forme barils, finement incrustés d'or et d'argent, décor à mosaïques contrariées, médaillons à paysages et dragons avec cachets et signatures de l'artiste.

6. — Jardinière forme fruit, côtelée, patine claire.

7. — Vase ancien à col quadrilobé, frise gravée, anses à anneaux fixes.

8. — Coupe à sacrifice, ancien.

9. — Groupe de trois personnages dans un paysage jouant au jeu de Go.

10. — Paire de petits vases, décors finement incrustés d'or et d'acier, à paysages et oiseaux.

11. — Paire de vases à quatre faces, ornés de feuillages, fruits et insectes en haut-relief.

12. — Groupe ancien : oie sur crabe.

13. — Petit vase quadrilobé ancien, anses forme guêpes.

14. — Boîte ancienne, forme fruit.

15. — Boîte lenticulaire, patine claire, avec personnages en bas-relief, décor à fines incrustations d'or.

16. — Boîte rectangulaire, patine claire, offrant sur le couvercle des personnages combattant, incrusté d'or et patine polychrome.

17. — Chauffe-mains à patine claire frottée, avec couvercle au dragon dans les nuages, travail repercé à jour.

18. — Cantine avec cuillers, patine acier et décorée.

19. — Groupe de personnages et poisson, ancien, statuette de gardien de temple, bronze ancien.

20. — Figurine de philosophe assis devant une table.

21. — Petite terrasse avec chimère et personnage ancien.

22. — Chimère jouant avec une boule, ancien.

23. — Groupe équestre formant brûle-parfum, philosophe patine polychrome assis sur un bœuf.

24. — Groupe représentant une divinité sur un poisson, au milieu des flots de la mer, avec terrassement porté par des branchages.

ARMES ET PIÈCES DÉCORATIVES

25 à 28. — Huit grands sabres japonais avec fourreaux en laque, monture en cuivre et bronze ouvrés.

29 à 32. — Dix petits sabres et poignards japonais.

33 à 36. — Quatre casques en métal ou laque et avec oreillons parés.

37. — Armure complète japonaise, gravée au dragon.

38 à 40. — Flèches et porte-flèches et deux arcs.

41 à 43. — Six lances avec hampes burgautées.

44. — Trois petites pièces d'armes diverses.

45. — Panneau fond rouge, décor paysage avec figure d'applique en bronze.

46. — Deux grandes appliques en bois sculpté : diables se faisant la chasse dans des arbres.

47. — Deux panneaux de tenture à grands personnages.

48 à 50. — Quinze manches de kodzukas, en bronze incrusté et ciselé.

51 et 52. — Quatre garde-sabres ciselés, gravés à animaux.

53 à 60. — Trente-neuf masques divers. (Sera divisé.)

61 à 63. — Trois masques fabuleux très curieux et rares, remontant à une date très reculée.

LAQUES

64. — Très belle cantine avec laque d'or et aventurinée, décor paysages, fleurs, feuillages, kakémonos, composée d'une grande boîte à quatre compartiments, une gourde octogonale panse aplatie, un plateau à angles cintrés, dix petites assiettes. Travail japonais. XVIIIe siècle.

65. — Grande et belle boîte rectangulaire, angles cintrés en laque d'or et aventurinée avec plateau d'intérieur, décor représentant des paysages accidentés en pleine floraison, animés d'ibis et de cigognes, avec cachets princiers. Travail japonais. XVIIe siècle.

66. — Petite pagode s'ouvrant en diptyque, extérieur en laque d'or aux armes du Taïkoun, offrant à l'intérieur, en bois finement sculpté, des divinités se détachant en haut et en bas-relief, composition de nombreuses petites figures, et dans chaque volet un gardien de la pagode. Travail ancien du Japon.

67. — Boîte carrée à deux compartiments en laque aventurinée du Japon, décor à entrelacs de feuillages à rehauts d'or et d'acier.

68. — Toilette en laque aventurinée du Japon, décor à entrelacs de feuillages à rehauts d'or et d'acier, monture en cuivre gravé et doré avec ses accessoires.

69. — Inro en laque d'or, dessin à haut relief, paysages montagneux arrosés de rivières et animés de personnages, partie rehaussés de laque rouge et d'argent.

70. — Boîte plate-forme, nœud en laque du Japon fond d'or et fond noir, décor paysage et marine.

71. — Boîte à contour en laque du Japon, dessus à trois médaillons fond d'or, représentant un oiseau de paradis, une chimère, des bambous et autres plantes, pourtour aventuriné avec animaux et branchages à rehauts d'or.

72. — Écritoire en laque du Japon, fond aventuriné, intérieur à rehauts d'or représentant des paysages montagneux, extérieur en laque d'or et incrustations de burgau représentant des nuées d'oiseaux.

73. — Boîte haute, en laque du Japon, fond aventuriné, décor à entrelacs de feuillages à rehauts d'or et d'acier.

74. — Belle boîte haute et rectangulaire en laque du Japon représentant un carrelage à rosaces, avec médaillons à fleurs et bambous rehaussés d'or et de rouge. Travail ancien.

75. — Boîte haute et rectangulaire à deux compartiments en laque noire du Japon, rehaussée d'or à fleurs et papillons.

76. — Écritoire à deux compartiments, forme haute et rectangulaire, en laque noire du Japon, décor branchage à rehauts d'or et incrustations de burgau.

77. — Porte-sabre en laque rouge du Japon rehaussé d'or : cigognes, ibis et tortues dans un paysage.

78. — Boîte oblongue et plate en laque de Pékin, décor oiseaux et fleurs.

79. — Table surbaissée en laque, représentant un paysage traversé par un fleuve, travail d'incrustation de nacre et de burgau, parties rehaussées d'or.

80. — Panneau en laque noire, avec personnages et cigognes en haut relief.

81. — Panneau en bois naturel, avec jardinière fleurie, en laque et applications d'ivoire.

82. — Panneau en laque noire, demi-teinte ombrée et rehaussée d'or et de nacre, décor feuillages, fleurs et sauterelle.

BOIS SCULPTÉS

83. — Vase offrant en bas-relief des enfants prenant leurs ébats.

84. — Statuette de femme en bois sculpté et peint.

85. — Personnage accroupi tenant un fruit.

86. — Figurine de personnage drapée.

87. — Figurine de personnage drapée.

88. — Pitong offrant en bas-relief des bambous et des personnages.

89. — Boîte cylindrique avec couvercle, décor à personnages et paysage.

90. — Grande jardinière décorée d'arbres fleuris en applications d'ivoire et de burgau.

91. — Petit plateau avec masque à l'intérieur.

92. — Panneau avec fruit, feuillage et insectes en ivoire teinté et laque d'or.

93 à 102. — Quarante-trois netzukés, sujets divers en bois sculpté, quelques-uns avec têtes en ivoire et rehaussés de laque. (Sera divisé.)

103 à 110. — Nombreux socles en bois de fer et autres sculptés. (Sera divisé.)

IVOIRES

111. — Cornet offrant en bas-relief une tortue et un crabe dans un paysage, socle en bois laqué, travail japonais.

112. — Groupe de trois figures, personnages et deux enfants.

113. — Groupe de trois figures, personnages et diablotins.

114. — Groupe de trois figures, personnages aux longs bras et aux longues jambes.

115. — Figurine en laque d'or avec tête, mains et pieds en ivoire.

116. — Groupe de singe et squelette.

117 à 123. — Vingt-trois groupes et sujets variés. (Sera divisé.)

PORCELAINES

124. — Paire de potiches du Japon, décor polychrome à rehauts d'or, médaillons à personnages, oiseaux et paysages, couvercles surmontés de chimère.

125. — Beau vase en vieux Chine, décor fond vert à carrelages et mosaïques semées de fleurs et d'objets d'ameublement avec médaillons à scènes de pêcheries et de navigation.

126. — Flacon carré du Japon, décor polychrome à rehauts d'or.

127. — Jardinière ronde du Japon, polychrome et or, supportée par quatre masques.

128. — Jardinière de Kaza, décor en rouge et or.

129. — Cassolette avec couvercle du Japon, décor à sujets fabuleux dans des paysages, supportée par des masques.

130. — Gourde de Bizen, décor en bas-relief.

131. — Figurine, personnage accroupi, en grès du Japon.

132. — Plateau rectangulaire, décor fond rouge à insectes et papillons.

133. — Coupe en grès.

134. — Pitong en grès avec médaillon en porcelaine.

135. — Plaque en faïence émaillée, forme éventail.

136. — Plaque en terre émaillée, décor personnage et marine en bas-relief.

137. — Vase du Japon, riche décor en émaux de couleur à fleur et oiseaux.

138. — Beau vase avec couvercle de Chine ancien fond bleu à fleurs de pêcher.

139. — Vase de Chine, décor paysage avec fleuve animé d'embarcations.

140. — Vase en gris craquelé de Chine, frises et anses bronzées.

141. — Deux bols de Chine, décor, polychrome, poissons et paysage.

142. — Bol de Chine, décor paysage fleuri.

143. — Bol de Chine, décor poisson et paysage famille verte.

144. — Paire de vases à thé de Chine, fond bleu avec figures, réserves en blanc.

145. — Vase et deux cornets de Chine, décor bleu sur blanc, fond à carrelages, médaillons à figures et objets d'ameublement.

146. — Cornet de Chine ancien, fond bleu fouetté, décor à rehauts d'or.

147. — Vase de Chine bleu turquoise truité fin.

148. — Paire de vases avec couvercle fond vert pâle, décor gravé sous couverte.

149. — Vase avec couvercle fond vert pâle.

150. — Bouteille, décor à jetées de fleurs et carrelage en rouge, vert et or.

151. — Chimère bleue turquoise, socle en bois sculpté.

152. — Vase à quatre faces, décor marbré.

153. — Bouquetière, forme baril bleu turquoise truité.

154. — Coupe en gris truité.

155. — Vase cylindrique fond rouge, à fleurs et feuillages.

156. — Vase presque cylindrique, décor à fleurs et oiseaux en couleur sur fond rouge marbré.

157. — Bouteille bleue turquoise truitée fin.

158. — Vase en blanc, décor en relief.

159. — Gourde à deux anses fond brun.

160. — Gourde en vieux gris craquelé, décor manganèse.

161. — Brûle-parfums avec anses aux dauphins fond vert craquelé.

162 et 163. — Quatre bols fond jaune avec dragons en vert.

164 à 174. — Onze coupes de formes et décors variés. Sera divisé.)

175. — Petite coupe, forme fleur en céladon fleuri.

176. — Jardinière surbaissée octogonale fond bleu turquoise, décor polychrome de Kan-Lon.

177. — Vase vieux Chine famille verte, fleurs et oiseaux.

178. — Figurine en grès émaillé vert.

179. — Figurine en jade gris.

180. — Un vase porcelaine de Chine, forme ovoïde allongée, émail peau de pêche.

181. — Une statuette poterie du Japon, représentant une divinité assise dans une pose méditative.

Paris. — Imp. Vve V. Goupy, rue de Rennes, 71.

www.ingramcontent.com/pod-product-compliance
Ingram Content Group UK Ltd.
Pitfield, Milton Keynes, MK11 3LW, UK
UKHW021039260726
13994UKWH00005B/2252